나비와 은하

나비와 은하

조 창 환 시집

서정의 서정 3

시인의 말

이 시집은 코로나 블루를 겪어내는 우울하고 불안한 우리 시대의 기록이다. 사회적 거리두기, 코호트 격리, 선별진료소 등이 일상화된 음울한 팬데믹의 터널을 지나온 우리 시대의 자화상이다. 그러나 한편으로는 꽃을 보며, 풀잎을 보며, 생명의 끈질긴 희망을 찾고 살아 숨 쉬는 시간의 고마움과 기쁨을 실감하는 일도 이 어려운 시기의 시인의 사명이기도 하다. 질병의 고통에 맞서 싸우는 사람들의 희생과 헌신을 기록하는 한편 우울한 현실에 대한 아픔과 상처와 옹어리들을 어루만져 위로하는 일노 시인의 역할이다. 이 시집의 시들을 읽으면서 살고 죽는 일 모두 가을 물소리 같아 외지면서 푸근하고 애틋하면서 따사롭다는 것을 실감할 수 있기를 바란다.

2022년 3월

조 창 환

차례

제3부 꽃을 보며

해설

김 유 중 (서울대 교수, 문학평론가)

제1부

마스크 안의 기도

마스크 안의 기도

세상 퀴퀴한 냄새로 가득 찼으니 코 가리게 하시고
세상 더러운 것으로 가득 찼으니 입 가리게 하시고
뭉쳐서 못된 짓 하니 흩어져 살게 하시고
밖에서 남 해코지할까 봐 나가지 못하게 하시니
고맙습니다, 하느님

눈 가리지 않아 소경 만들지 않으시고
귀 막지 않아 귀머거리 만들지 않으시고
숨구멍, 똥구멍, 막지 않아
아주 명줄 끊어놓지는 않으시니
고맙습니다, 하느님

살아보겠다고, 마지막 날까지 살아보겠다고
오늘도, 내일도, 또 그다음 날도
그악스럽게 버텨내는 저 얼굴들
독하게 버텨내는 이 세상을
용서해주시니 황송합니다

멀리 계셔서 지금 안 보이고

오래 쉬셔서 오늘도 주무시는 줄 알았는데

아주 인연 끊으시지는 않은 것 이제 깨달았으니

용서해주소서, 하느님

우리는 우리가 하는 일을 모르옵니다

터널 안의 키스

캄캄한 터널 안에 두 남녀가 서 있다
마스크를 끌어내리고 입을 맞춘다

하룻밤만 묵고 떠나실 손님처럼
마음 붙이지 못하고 서성거리는
희미한 빛이
멀다

붙잡아야 하는데, 저 빛 붙잡아야 하는데
하는 마음만 가득한 채
벌서고 있는 두 남녀는
더 이상 참을 수 없어 마스크를 내린다

터널 밝아지고 환한 세상 오면
어둠을 견디던 시간과
견디지 못하고 마스크 내린 시간이
물속에 잠긴 나무뿌리처럼 엉켜 있을 것이다

코호트 격리

아교처럼 끈끈한 숨 막힘이 짓누르는

폐쇄병동 하늘 위로

새 날아간 하늘길 얼어붙어

하얗게 무너지는 한숨 가득하다

여기 갇힌 사람에겐 음악이 없다

요령 소리 절렁대는 창백한 울부짖음

땀에 젖은 빈 새장에 가득 찬

모르핀 냄새, 혼곤하게 식은 잠

감시와 고독의 시간

포로와 인질과 미결수들

벙어리와 귀머거리와 소경들

침묵하는 공기와 가시덤불

격리된 폐쇄병동 흰 복도에는

멍들고 녹슨 아픈 기억들

탈옥을 꿈꾸는 짐승들이 웅크린다

청도 대남병원 생각하며 가슴 메인다

선별진료소

콧구멍 깊숙이 면봉을 찔러 넣고 나니

멀쩡했던 목숨도 불안해진다

마스크와 안면보호장구를 갖춘

흰 가운 입은 사람은 표정이 없고

면봉 끝에 묻은 콧물에도 표정이 없다

임시 선별진료소 밖에는

허방 같은 바람

엎드린 햇살

무거운 구름

오늘은 성당도 문이 닫혀

기댈 데가 없구나

눈 먼 개

앞 못 보는 개가 문간에 앉아 있다

눈빛이 진녹색이다

녹내장이란다

당뇨도 있고, 고지혈증도 있어

앞 못 보는 개는 거기서 움직이지 않는다

병은 이상한 권력이 되고

체념은 눈먼 개를 길들인다

권력과 체념과 눈먼 개가

적막한 불안 속에 웅크리고 있다

멍

단단하고 견고한 멍

매 맞아 시퍼래진 어둠이 켜켜이 쌓여

불 꺼진 거리에 대못 자국을 남긴다

고삐에 꿰어 진종일 밭일하고 돌아온

늙은 소처럼

멍든 도시는 한숨을 쉰다

오늘 저녁, 이 도시는

막차 떠난 시골 정류장에서

보따리 깔고 주저앉아 망연히 하늘 바라보는

늙은 부부처럼 처량하구나

아직도 더 맞아야 한다고 채찍을 휘두르는

잔인한 역병의 기세에 눌려, 이 도시는

어깨 웅크리고 제 멍 자국을 제 혀로 핥는다

마스크와 맹견

맹견은 안 보이는 귀신을 향해 맹렬히 짖는다

마스크와 알코올 소독수와 방호복 속에

안 보이는 귀신을 향해 맹렬히 짖어대는

사람들 얼굴이 입마개 씌운 맹견 같다

두꺼비와 지네가 목숨 걸고 싸우는 밤

독 오른 뱀이 항아리 속에 똬리 틀고 앉아 있다

이런 세상 1

- 오늘 확진자 몇 명이유?
- 천 명? 이천 명?
- 사망자는?
- K 방역 덕분에 세상은 태평해요.
수심가 조로 웅얼거리며
입마개 안으로 고인 침을 삼킨다

외지고 쓸쓸하고 무거운 응달
단청 다 날아간 내소사 처마 끝 같은 허공
막막한 그늘이 마른 시래기 부서지는 소리를 낸다
멀리서 개 짖는 소리 컹컹 울리고
영월 창령사 터 오백나한 중 제일 못생긴 얼굴 하나가
콩 꽃처럼 웃다가, 다시 찡그린다

이런 세상 사는 일은
눈물 엉긴 검은 빵 씹는 것 같다
철문 근처에서 날두부를 입에 넣는
만기 출소 복역수를 부러워하며
달력을 찢고 있는 무기수 같다

이런 세상 2

이런 세상 살아내는 일은
옹이 많은 늙은 나무 바라보듯
참 쓸쓸한 일이다

코로나 검사 양성 판정 받고
숨쉬기 어려워 죽을 고생한 후
이제 겨우 가라앉아
홀로 공기 좋다는 외딴섬에 틀어박혀 지낸다는
그 사람 생각하는 일은
그보다 더 쓸쓸한 일이다

우리와는 관계없는 바이러스인 줄 알았다
모두 무사태평하고 천하무적일 줄 알았다
마스크 쓰고 살고, 사람 모인 데 가지 않고
손 잘 씻고, 시키는 대로 말 잘 들었으니
우리는 세상 소문과 관계없을 줄 알았다

그 사람은 모범 시민이었다

나보다 더 근신하고 조심하며 청결하게 지냈다

어수선한 시절 위로한다는 가까운 제자 만나

근사한 레스토랑에서 식사 대접 받은 후

제자에게서 문자 메시지를 받았다

- 저 양성이래요, 선생님도 검사해 보세요

아픈 것도 서러웠지만

더 괴로운 것은 시선이었다

- 저 사람 집에서 코로나 환자 나왔대

송충이 사는 집 보듯 하니 견디기 힘들었다

마누라 자식들 모두 음성 판정 받았다는데도

음압병실에서 치료받고 나온 후

그 사람 홀로 외딴섬으로 숨어 들어가 버렸다

말인즉슨 요양하러 간댔지만

실은 사람이 무서워져 숨어버린 것이다

솔직히 말하자면 나도 그 사람 만나기가 겁난다

사람 아니고 송충이니까 징그럽고 무섭다

징그럽고 무서운 세상 사는 일은

옹이 많은 늙은 나무 바라보는 것보다

훨씬 더 쓸쓸하고 아프고 괴롭다

이런 세상 3

털 듬성듬성 빠진 유기견이 비닐봉지를 물고 간다
버려진 통닭 찌꺼기와 빵 쪼가리와 때 묻은 마스크

들키지 않으려고, 뺏기지 않으려고
유기견은 두리번거리며 눈치를 살핀다

쫓는 사람도 없는데 꼬리 웅크리고
제 몫의 눈물에 신음소리를 보탠다

마르고 곰팡이 슨 빵과 쭈글쭈글해진 닭가슴살이
비닐봉지 안에서 깨진 쇳소리를 낸다

더러운 마스크는 왜 거기 들어 있나?
캄캄하고 답답한 것이, 뭉텅, 가슴에 차오른다

사회적 거리두기 1

- 서로 떨어져라

- 침공 당했으니 서로 떨어져라

- 거리두기만이 살길이다

머리 위에서는 원자탄이 터지려는데

백성들은 마스크만 찾는다

각자도생만이 살길인 줄 생각하고

일심으로 단결하여 명령에 복종한다

꿈꾸던 나라와는 인연이 닿지 않아

이승에서 살길은 흩어져 버티는 길

어리석은 손짓으로 허공을 할퀴다가

오늘도 꾸역꾸역 밥덩이를 넘긴다

사회적 거리두기 2

사이렌이 울렸다, 공습경보!

세계는 자욱한 어둠을 는개처럼 뿌리면서

백태 낀 눈망울에 수갑을 채웠다

검은 커튼을 드리우고, 어두운 동굴에서

우리들은 두려움에 떨면서 흩어져 웅크린다

이 세 번째 별에는 초록이 많다지만

우리들은 지하 동굴에 갇힌 늙은 곰처럼

웅크려 몸 비비고 두 발로 쇠창살을 긁어댄다

끝나는 날 오기만을 기다리면서

이 음울한 세월 끝나는 날 오기만을 기다리면서

사회적 거리두기 3

오래전부터 그대들과 나는 서로 떨어져 지냈다

나는 헛되고 허망한 미움의 상처에 감염되어

구름 낀 날 뒷골목을 쏘다니는 늙은 개처럼

퀭한 눈망울로 그대들의 마을을 비웃지 않았던가

그대들의 마을에는 탐욕과 욕망

배신과 비방들이 홍수처럼 넘쳐났는데도

나는 그대들 마을의 아픔을 품어 안아

두 손으로 쓰다듬고 눈물로 어루만지기는커녕

어리석게도 구석진 자리에 쭈그리고 앉아

킬킬거리고 손가락질하며

비웃지 않았던가, 조롱하지 않았던가

그렇게 살아왔으니 당연한 일이었다

새삼스럽지 않은가, 사회적 거리두기라니

그대들과 내가 언제 가끼웠던 적 있었던가

나는 안다, 내가 지금 받는 벌은

지난날 내 입에서 함부로 터져 나온

그대들 마을을 향한 조롱과 조소 때문이지

하찮은 바이러스 때문이 아니라는 것을

그러니 이제 나는 홀로 내 집으로 돌아가

별을 바라보며, 구름을 바라보며

숨어 지내려 한다, 이것은

그대들의 사회가 내게 내린 명령 때문이 아니다

우리 삶의 허망함을 돌이켜보라고 하는

양심 때문이다, 양심의 명령 때문이다

제2부

따뜻한 손

따뜻한 손

병상 밖으로 내놓은 차가운 손에

누군가 따뜻한 손을 쥐어주었다

식어가는 손이 단단히 움켜쥔 저 손으로

캄캄하던 목숨 하나 풀어 녹인다

라텍스 장갑에 따뜻한 물을 채운

저 손의 온기는

깊고 아늑한 천상의 기쁨이다

저 손, 가짜 손 아니다

지상의 어느 진짜 손이 지닌 온기보다

더 안온하고, 포근하고, 절절해서

저 손으로 느끼는 마지막 온기에는

문이 달려 있다, 문 열어

다른 세상으로 옮겨가기 전

미리 맛보는 최후의 만찬이 들어있다

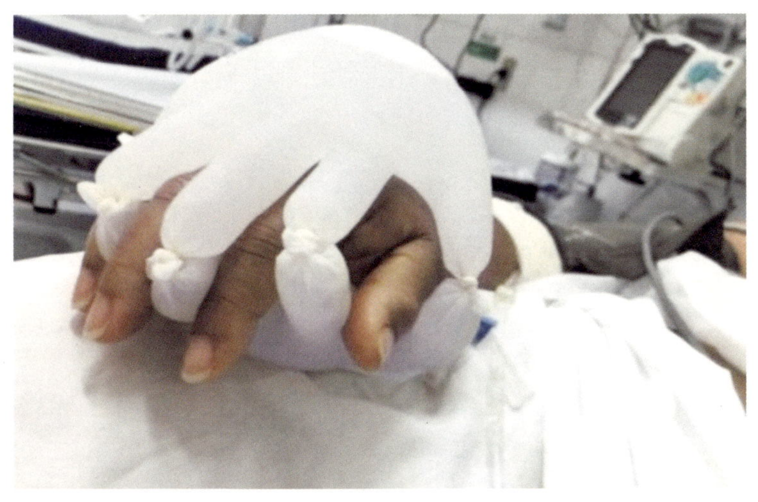

걸프뉴스 에디터 사디크 사미어 밧 트위터에서

꽃멀미

가만가만 쓰다듬으려 했는데
살그머니 어루만지고 함빡 끌어안으려 했는데
늙은 엄마 볼 비비니, 왈칵, 눈물 솟구치네

아직도 따뜻하네, 울 엄마 볼
부둥켜 끌어안고 뺨에 뺨 비비니
엄마 눈물, 내 눈물 뒤엉켜 범벅되어
주름진 목덜미에 끈적하게 엉겨 붙네

엄마도 나도 코로나 백신 맞았으니
오래 막혀있던 가림막 치워버리고
오늘부턴 맘껏 끌어안고 웃어도 된다는데
목 메이고 눈물 흐르고 가슴 먹먹하고
푸석푸석한 벙어리 몸짓만 다가오네

가림막 이쪽에서 저쪽을 바라볼 땐
치매 걸려 더듬거리던 뒷모습 안타깝더니
오늘, 요양병원 면회실, 가림막 치워버리니

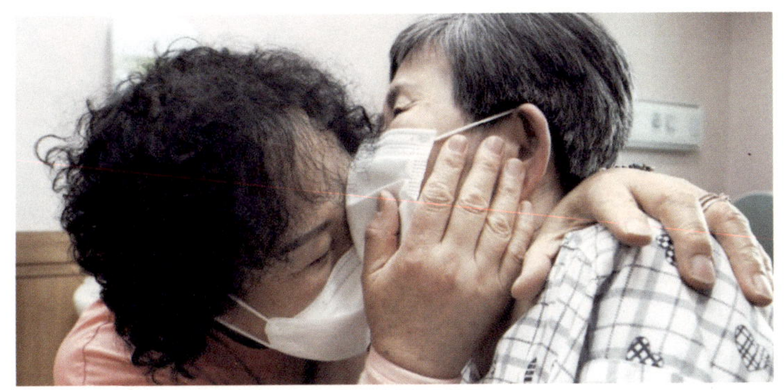

조선일보 2021년 6월 2일

말짱한 정신으로 눈물 왈칵 쏟는
울 엄마 볼 비벼보니 가슴 아뜩하네

못된 딸 끌어안고 뜨거운 눈물 흘리시는
울 엄마 볼 비벼볼 때 어지러워라
정신 온전치 않은 늙은 엄마라도
내게는 꽃이시네, 따뜻한 꽃

가림막 지워버린 요양병원 면회실
대소쿠리 쿨렁이듯 무너지는 가슴으로
꽃멀미하네
울 엄마 볼 비비며 꽃멀미하네

이 손 보아라!

이 손 보아라!
쭈그러지고 일그러지고 허물 벗어진 손
방호복 속에서 땀에 젖고 짓물러져
손금도 안 보이고 지문도 안 보이게
두 겹 세 겹 장갑 끼고 진종일 일한 손

레벨 D 보호복 입고, N95 마스크 쓰고, 고글 쓰고
두 시간씩 교대로 병동에 투입되어 하루 여덟 시간 일한 손
PCR 검사하고, 발열 체크하고, 혈액검사하고
코로나 환자 쓰던 이불 옷 폐기하고 침상 소독한 손

전투하듯 일한 손, 정신없이 일한 손
다음 날도 또 그다음 날도 환자는 밀려들어
폐렴으로 진행된 분, 중환자실로
음성 판정 받은 분, 집으로 돌아가실 때
뒷바라지한 손, 어루만져 드린 손

세상 떠나신 분 허공에 흔들리던

"

손잡아드린 손, 위로해드린 손

고맙고 미안하고 눈물 나는 손

세상에서 가장 아름다운 손

이 손 보아라!

쭈그러지고 일그러지고 허물 벗어진 손

경기도의료원 이천병원 이학도 간호사 손

경기도의료원 이천병원 이학도 간호사의 손 –대한간호협회

뜨뜻한 재

서울시 서초구 원지동 서울추모공원 바깥

추모의 벽이 축축하게 젖고 있다

몇 사람은 우산을 받쳐 들고

몇 사람은 젖은 머리칼을 손가락으로 털어내면서

작고 흰 항아리 하나씩을 들고 검은 리무진을 기다린다

항아리는 묵묵하고 막막하다

항아리 속에 담긴 재는 뜨뜻하고 무심하다

항아리 안에 고인 침묵은 캄캄하고 깊다

서울시 서초구 원지동 서울추모공원 바깥

추모의 벽이 축축하게 젖고 있다

- 엄마! 코로나로 얼굴도 못 보고

치료도 못 받은 상태로 임종도

못 지켜 드려 너무 마음이 아픕니다

날개 달고 훨훨 날아가세요

아프지 않은 곳으로!

― 2020. 12. 28. 다경이가

젖은 벽에 기대 다경이가 울고 있다

캄캄하고 묵묵하고 뜨뜻한 재도
서울추모공원 추모의 벽에 기대
울고 있다

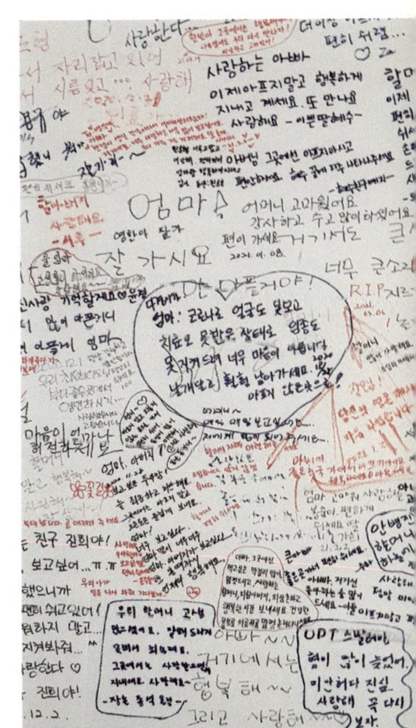

꽃그림 맞추기

요양병원 병실에서 환자복 입은 치매 할머니와
방호복 입은 간호사가 마주앉아 화투장을 들여다본다

허리 굽은 할머니는 눈 갑갑하고
허리 곧은 간호사는 마음 갑갑해서
화투 패 암만 들여다보아도 이길 생각은 없다

성에 낀 시간에 입김 후후 불 듯
가자미 같이 엎드린 하루를 쓰다듬어 줄 따름

이상한 일이긴 하다
자식들 얼굴도 못 알아보는 늙은이가 화투장 들고
꽃그림 맞추기는 그럭저럭 해낸다니

이 매조도 찾아내고, 홍싸리, 흑싸리
삼 사쿠라 구 국진, 팔 공산, 비, 풍, 초, 똥
다 찾아내서 짝 맞추고
홍단, 청단, 초단도 할 줄 안다는 것이

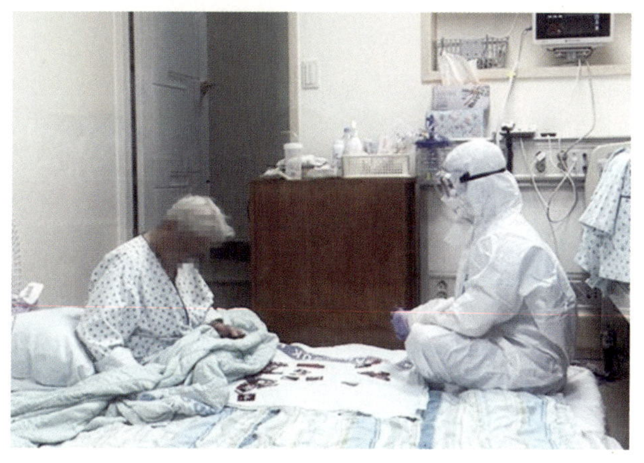

삼육서울병원 방호복간호사 화투놀이 –대한간호협회

이상한 일 아니긴 하다

자식들 얼굴은 꽃 아니니까

화투 패에는 꽃그림 있고

자식들 얼굴에는 꽃그림 없지 않어?

자식들 얼굴이 꽃그림 되는 날

할머니 제정신 돌아와

꽃 같은 내 새끼

끌어안고 볼 비비며 눈물 흘리는 날

꽃그림 같은 시간에 말갛고 말간

꽃보다 진한 향기 천지에 번져나서

할머니 맘 편하게 저세상 가시겠지

할머니 거기 가서 꽃그림 되시겠지

선우경식 생각

- 잘 지내시는가? 그쪽 세상은 무사태평하신가?

물티슈로 경식이 눈썹에 묻은 흰 새똥 닦아주는데

가슴 아래쪽에서 울컥 치미는 덩어리가 느껴진다

- 여전하시겠지, 그쪽 세상에는 평온만 있을 터이니

경식이, 내 친구 선우경식이는 대답이 없고

가볍게 웃기만 한다, 참 넉넉한 웃음이다

- 이쪽 세상은 어지럽다네

마스크 쓰고 살고. 사람 모이지 못하고

모이더라도 서로 눈치 보며 피하는 세월이라네

그래도 웃기만 한다, 참 평온한 웃음이다

원장님, 요셉의원 선우경식 원장님은 웃기만 한다

저쪽 세상에는 저리 평안한 웃음만 있나 보다

빈민과 불량배와 포주와 펨푸들이 소매를 잡아끌던

음습하고 우중충한 영등포 역전 골목에서

노숙자와 무의탁 빈민들과 알코올 중독자들을
지성으로 돌보아주던 요셉의원 원장님은
열두 해 전에 저쪽 세상으로 가셨다

- 그 동네도 재개발 계획 있다네
요셉의원 분위기도 달라질지 몰라
그래도 여전히 하던 일들 하시겠지

선우원장 남긴 것은 조용한 미소
가난한 사람들의 눈물을 닦아주던
낮고 깨끗하고 해맑은 웃음

먼지 섞인 바람 부는 칙칙한 하늘 아래
서초동 서울고등학교 교정 한구석에
있는 듯, 없는 듯, 자그마한 흉상 하나

선우경식 원장의 흉상

그 온유한 얼굴, 눈썹에 묻은 새똥 닦아주는데
가슴 아래쪽에서 울컥 치미는 덩어리가 느껴진다

염장이 강 씨 1

새해 첫날, 새 아침

염장이 강 씨 이야기를 신문에서 읽는다

누더기 같은 입마개로 코 가리고 입 가리고

백치처럼 침묵하는 팬데믹의 어둠을 헤쳐 나와

새해 첫날, 새 아침

붉은 해가 동쪽 하늘에서 솟아오를 때

염장이 강 씨는 오늘도

죽은 이들의 식은 몸을 자루에 넣는다

의사도, 간호사도, 장의업자도, 친아들도

무서워 고개 돌리는 코로나 사망자

수의도 못 입히고 씻기지도 못하고

화장도 못 해주니 염습이랄 것도 없지만

시신을 자루에 넣어 저승길 보내는 일은

염장이 강 씨 몫이다

마지막 가는 길에 마누라 자식 얼굴도 못 보고

문상객도 못 만나고 영정사진도 못 내걸지만

그저 사정없이, 재빠르게, 화장장으로 보내주는 일은

염장이 강 씨 몫이다

험한 일 하시네요, 좋은 일 하시네요

마스크 안에서 누군가 웅얼거려도

염장이 강 씨는 방호복 안에서 진땀만 흘린다

그냥 하는 거예요, 누군가는 해야 하니까

저승길 간 사람은 강 건너가 천국이지만

염장이 강 씨는 강 건너기 전 천국에 산다

염장이 강 씨 2

꼼꼼하고 섬세하고 정확했던 건축업자
사십 대 중반의 강봉희 사장
암 선고 받아 몇 달 못 살겠다는 말 듣고
입원실 창밖의 장례식장 바라보다
눈물 한 방울 하염없이 흘렸었다

저렇게 가는구나, 혼자 가는구나
허무하고 허망하게 붙어있는 목숨 하나
나 다시 세상 살면 염장이가 되리라
홀로 가는 이들, 버려진 이들
마지막 가는 길 식은 몸 씻기는 일
가면 못 오는 길 깨끗하게 씻고나 가게
나 다시 세상 살면 염장이가 되리라

죽을 고비 넘긴 단정한 강봉희 씨
좋은 세상 만나 맑은 숨 들이쉰 뒤
장례지도사 봉사단 단장이 되었네
고독사, 행려병자, 무연고자
시신도 찾는 이 없는 외롭고 쓸쓸한 이들

가는 길 배웅하며 부끄러웠네
식은 몸 씻기는 게 봉사라고요?
식기 전에 씻기는 게 사랑이에요

세상 험해져서 코로나로 뒤덮이고
아들딸은 확진자나 밀접접촉자라서
가시는 분 얼굴도 못 보게 하고
방호복 입혀 5미터 밖에서 흐느끼게 할 때
염장이 강봉희 씨 부지런히 움직였다

씻기고 묶고 자루에 넣어서
한 줌 흰 재로 남을 때까지
가시는 길 배웅하는 성인이 되었다

다 내려놓고 안녕히 가세요
속으로 말하면서 부끄러웠다
가시는 분 얼굴이 저리 평안하니
살아생전 불평하는 내 얼굴 부질없어
소독수에 손 씻으며 부끄러웠다

염장이 강 씨 3

고독사가 제일 불쌍한 줄 생각하지요?

그보다 포기각서 받은 시신은 더 안됐어요

오늘 염한 고인은 유족이 시신 포기각서를 쓴 분이에요

무연고 사망자는 상주도 조문객도 없어요

가난은 기본이고 유족이 시신 인수마저 포기하였으니

그 인생, 말 못할 문제가 있었겠지요

살아서도 잊혀지고 죽어서도 버림받은 존재예요

그래도 누군가는 장례를 치러줘야지 않겠어요?

나는 염할 때 시신에 화장化粧은 안 합니다

당사자는 모르는데 보는 이만 좋잖아요?

깨끗하게 잘 닦아 깔끔하게 보내드리는 게 좋아요

장례업자들도 반성할 게 많아요

입관할 때 노잣돈 달라 하고, 꽃장식도 등장했잖아요?

코로나 초기에는 운구차 비용을 세 배 넘게 불렀어요

위험수당이라지만, 돈 욕심 너무 내면 보기 안 좋아요

이런 일 왜 하느냐고요?

봉사만 하고 사니 얼굴빛이 편안해졌어요

봉사에 빠지면 섹스보다 무섭다는 말도 있잖아요?

나 죽으면 수의는 입히지 말라고 했어요

지금 입고 있는 잠바 입고 갈 거예요

이게 제일 편해요

저세상에서도 편하게 지내야지요

박 경사와 노숙인

생수 한 병, 햇반 한 개, 귤 두어 개가 든 비닐봉지를 들고

서울역 광장으로 향하던 늙은 노숙인과

밀접접촉자를 찾아다니던 박아론 경사는 그냥 서로 반갑다

- 아저씨, 어디 계셨어요? 한참 찾았잖아요?

- 그냥, 여기저기

가끔씩 찾아와 말 붙여주고, 안부 물어주는 박 경사와

안면 익숙한 늙은 노숙인은 옆집 이웃처럼 스스럼없다

- 엊그제 함께 술 마신 박 씨 아저씨 안 보이시죠?

노숙인은 대답 대신 고개만 끄덕인다

- 그 사람 코로나 확진됐어요

- 아저씨도 여기 있으면 안 돼요. 시설에 들어가셔야 해요

순하고 착한 노숙인은 또 고개만 끄덕인다

미세먼지 자욱한 흐린 하늘 밑에 마스크 쓴 박 경사는

딴 사람 안부도 묻고 세상 뉴스도 들려준다

앰뷸런스가 도착하고 노숙인은 동대문에 있는 생활치료

센터로 향한다

아침나절 서울역 지하도를 돌며 노숙인들 잠 잔 곳 훑어

보고

오후에는 무료급식소 식권 받으러 오는 노숙인들 살펴보는

박 경사 휴대폰이 시끄럽게 울린다

- 노숙인 확진자 또 찾았어요. 오셔서 시설에 인계해 주세요

희망지원센터 직원은 박 경사 올 때까지

무료급식소에 밥 먹으러 온 노숙인 확진자를 붙잡고 기다

린다

박 경사도, 노숙인도, 무료급식소 봉사자도, 희망지원센터

직원도

코로나 무섭기는 모두 마찬가진데, 그래도 그들은 성 내지

않는다

도망가지도 않고 숨지도 않는다

그냥 덤덤하다, 일 해야 하니까 하던 일 계속할 따름

서울역 광장에 부는 쌀쌀한 봄바람이 훈장보다 깨끗하다

내가 만난 시인, 시인다운 시인[*]

수평선 바라보며 느꺼워하고

거미줄에 맺힌 아침이슬 바라보며

아름다운 허무를 노래하던 시인

노루귀꽃, 양귀비꽃, 변산바람꽃 들여다보며

살랑이는 숨소리에 귀 기울이던 시인

절벽 앞에 서서 구원을 빌고

자기 무덤 앞에 꿇어 앉아 눈물로 기도하던 시인

그 눈물 육신 자루에 가득히 흘러넘쳐

파도도 되고 낙엽도 되고 별빛도 되어

세상의 헛된 상처 쓰다듬던 시인

한평생 자기 그림자 돌아다보며

지은 죄 없으면서 괴로워한 시인

가난하고 외롭고 핍박받는 이들에게

알살 그대로 드러내 보이시는 하느님 만나

기뻐 울던 시인, 울며 기뻐하던 시인

그 시인 남긴 시에는 보석 같은 옹이가 박혀 있어

캄캄한 하늘 비추는 별빛 되어 빛나네

그 시인 남긴 시에는 깊어지는 아득함 스며 있어

그리움 복받치네, 꿈길 같은 그리움

내가 만난 시인, 시인다운 시인

그 시인 먼저 가서 쉬고 있는 곳은

눈물겹고 평화롭고 향기로운 곳이네

* 고 김형영 시인

관 짜는 사람과 따뜻한 돌

2020년 8월 1일, 인도네시아 수마트라 섬 중앙 타파눌리 군에 사는 서른세 살 조슈아 후타가룽(Josua Hutagalung)은 집에서 관을 짜고 있었다. 온 세상이 코로나로 뒤덮여 죽어 나가는 사람이 많아 조슈아는 일이 많았다. 어디선가는 큰 구덩이를 파고 시신들을 관에 넣지도 못한 채 한꺼번에 쓸어 넣기도 하였다는 말을 들으면서 조슈아는 마음이 아팠다. 사람은 죽으면 관에 넣어 장사를 치러야 하는 법인데, 관 없이 매장하면 죽은 사람은 어디에 누워 저세상 가나. 내가 만든 관에 누워 저세상 가는 혼은 부디 평안하기를 빌면서 조슈아는 굵은 팔뚝으로 힘껏 대패질하였다. 진땀이 흘러 조슈아의 검은 이마를 축축이 적셨다.

오후 네 시, 갑자기 쾅! 하는 굉음이 울렸다. 집이 부서지는 엄청난 소리에 놀라 쳐다보니 양철 지붕이 뚫어지고 마당에 손바닥보다 큰 돌 하나가 날아와 박혔다. 돌덩이는 따뜻하고 묵직하고 뾰족했다. 무게 2.1킬로그램의 돌은 나이 45억 살 먹은 운석이었다. 이 운석은 태양계에서 가장 처음 만들어진 물질을 포함하는 카보네이셔스 콘드라이트(carbonaceous chondrite)였다.

소문을 들은 운석 전문가들이 모여들고 조슈아는 큰돈을 벌었다. 아닌 밤중에 로또 복권에 당첨되었다고 말하는 사람도 있고 전생에 선업을 쌓았을 거라 말하는 사람도 있고 우주 연구에 도움이 될 거라 말하는 사람도 있었지만, 조슈아는 이 돈으로 우선 지붕부터 고쳤다. 느닷없이 행운이 찾아왔으니 평생 소원하던 일도 이루어졌으면 하고 빌었다. 아들만 셋이니 딸도 하나 낳게 해 달라고 빌었다. 돈이 남았으니 마을에 예배당도 짓기로 하였다. 관 짜는 일은 그만하기로 하였으니 조슈아는 이제부터 무엇을 해야 할지 막막하였다.

이천년 선 오후 세 시에는 갑자기 하늘이 컴컴해지고 큰 바람이 불며 성전 휘장이 찢어졌다. 그 시각, 해골산 언덕에서 나무 형틀에 매달려 죽어간 사람이 있었다. 엘리 엘리 라마 사박타니 하고 부르짖은 후 운명한 사람이었다. 유대인의 왕이라는 죄명을 쓴 팻말이 나무 위에 박혀 있었다. 하느님의 아들이라고 자칭하던 사람이었다. 하늘에서 따뜻한 돌덩이가 떨어지는 대신 따뜻한 혼이 하늘로 올라갔다.

오후 세 시가 되면 경건해져야 하고, 오후 네 시가 되면 힘써 일해야 한다. 오후 세 시에는 고개를 숙이며 삼가 근신해야 하고, 오후 네 시에는 관 짜는 일을 하든지 아기 포대기를 만드는 일을 하든지 땀 흘려 노동을 해야 한다. 따뜻하고 묵직하고 뾰족한 돌이 그대 집 지붕을 뚫고 날아와 박힐 것이다. 따뜻한 돌을 만나면 딸 하나 낳게 해달라고 빌고 마을에 예배당을 지어라. 그 전에 그대 집 지붕부터 고치는 것 잊지 말고.

김불만 시인의 갈빗대

김불만 시인은 불만이 많았다. 고향 사람들 작당하는 것 불만이고, 타향 사람들 으스대는 것 불만이었다. 불의를 정의라 우기는 사람들 불만이고, 나라꼴 어지러운데 밝은 미래 말하는 세상 불만이었다. 시인답지 못한 사람들이 시 쓰는 것 불만이고, 잘못 쓴 시 잘 썼다고 추켜세우는 비평가들 불만이고, 자기 시도 시원찮은 사람이 다른 사람들 시 가르친다는 세상 불만이었다. 문학하는 사람들이 끼리끼리 뭉쳐서 단체 만들고, 상 나눠 먹고, 지원금 타 먹는 것이 불만이었다.

평생 살림이 넉넉지 못해 불만이고, 남들이 자기 시 알아주지 않아 불민이고, 몸 아프고 마음 갑갑하니 사는 게 불만 두성이었다. 성당에 갈 때는 신부가 불만이고, 안 갈 때는 신자들이 불만이었다. 기도할 때는 하느님 대답 없으니 불만이고, 기도 안 할 때는 사람들 시끄러우니 불만이었다.

불만 대신 행복을 느낀 일도 있긴 있었다. 나무를 안고 나무에 볼 비빌 때, 노루귀꽃 보며 꽃 속에 숨은 바람소리 들을 때, 하늘과 바다가 내통하는 수평선 바라볼 때, 촛불 속에서 허공을 볼 때, 거미줄에 매달린 이슬 같은 인생을 우두커니 바라만 보시는 하느님 만날 때는 행복하였다. 먼지처럼, 바람처럼, 가을 나뭇잎처럼 초라하고 가난하고 낮은 것들 속에서는 행복하였다. 모기처럼 잉잉거리는 것들과 시퍼런 멍자국과 병들고 억울한 목숨들을 덥석 끌어안는 가을하늘 바라보며 행복하였다.

그가 이승을 떠난 날은 날씨가 추웠다. QR 코드로 신분 확인하고, 체온 재서 발열 체크하고, 손 소독제로 손 소독하고 장례식장에 들어갔다. 오늘 세상 떴고, 내일 장례미사, 모레 출관한다는데 장지가 없다. 시신을 연구용으로 기증했으니 장지가 없다는 말 들으니 눈앞에 하얗고 아득한 것이 어른거린다.

의과대학 해부학교실에서 젊은 학생들이 그의 갈빗대를 어루만지는 것이 보인다. 살아생전 억울함이 많았으니 갈빗대라도 남겨두어 그 억울함 갚으려는 것일까. 살아생전 나

무를 안고 나무에 볼 비비며 행복해 했으니 젊은 학생들 갈
빗대 안고 갈빗대에 볼 비비며 행복하기 바라서일까. 남자
는 흙으로 빚고 그 짝은 갈빗대로 빚었으니 흙으로 돌아가
면서도 짝만은 남겨두고 싶어서일까. 혼은 천국으로 가고
몸은 연구실로 갔으니 저세상에서 김불만 시인에겐 불만스
런 일 하나도 없으려나 보다.

제3부

꽃을 보며

꽃을 보며

아름답고 아련한 것이 꽃 속에 있다

아득한 별빛과 새 날아간 하늘 길과

봄 아지랑이 너머에 흔들리는 희미한 빛

오로라 자국 같은 것, 키스 자국 같은 것

멀어져 가는 사람이 남긴 체온 같은 것

바라보는 사람의 따스한 어깨 같은 것

젖은 숨소리와 밤바다의 파도 소리와

목숨 받은 존재들이 지닌 기쁨과 상처들이

모두 다 꽃 속에 스며 있어

그대를 어루만지고, 쓰다듬고, 껴안아준다

꽃을 보면서 위로를 받는 날

역병 번진 세상에서도 희망을 본다

.

풀잎

풀잎들이 몸을 비튼다

시멘트 틈바귀를 비집고 나와

여리고 새파랗게 하늘거린다

이슬 묻은 바람이 쓰다듬어 주고

보석 같은 아침 햇살이 내리쪼인다

한 파도 뒤에 다른 파도 밀려오듯이

한 바람 뒤에 다른 바람 밀려와

풀잎에 얹힌 황사 쓸어내린다

풀잎에서 여치 울음소리가 난다

세상은 역병으로 뒤덮였는데

풀잎에는 이슬 자국이 영롱하다

꽃 한 송이

사람마다 얼굴 한복판에 자물통을 채우니

묵언수행하시는 붉은 벽돌집 되셨네

꽃 한 송이 던져드리오니

거기서라도 부디 안녕하시기를

흉흉하고 음울하고 컴컴한 세월 지나

봄 오고 새 울고 햇살 퍼지는 날

자물통 풀고 맑은 술 한 잔 머금으시기를

당신이 살아 숨 쉬어야 할 까닭

나팔꽃 새순 돋아 허공에서 길 찾는 거 보셨수?

뾰족한 끄트머리가 아침 이슬 어루만지는 거 참 신기하쥬?

아직 눈 안 뜬 두 이레 강아지 꼬물거리는 거 보셨수?

보드랍고 연하고 따뜻하쥬?

당신 손녀딸 애기 적 젖니 돋아나는 거 보셨수?

말랑한 얼굴에 하얀 이 돋아 방긋 웃는 거 참 이쁘쥬?

그 애기 좀 더 커서 벚꽃 잎 하르르 흩어져 떨어지는 거
보면서

춤추는 발레리나 같다고 말하는 거 보면 짜릿하쥬?

그게 당신이 살아 숨 쉬어야 할 까닭이유

자고 깨면 사람들은 전염병 걱정으로 가득 차

입 가리고 코 가리고 서로 경계하고 눈치 보며 피할 때

집에 일찍 들어가

당신 마누라 작고 못생긴 발 씻겨줘 보슈

가슴 한구석에 애틋하고 아릿한 덩어리가 느껴지쥬?

그게 당신이 살아 숨 쉬어야 할 까닭이유

나비와 은하

여름날 오후, 하늘 캄캄해지고 후두둑 비 쏟아진다
먼 데 하늘이 우르릉거리다가, 번쩍, 번개 친다

빈방에 홀로 앉아 제미니 망원경이 포착한 우주 사진을 본다
100억 광년 저쪽의 은하들이 목화솜 같다
121억 광년 저쪽에 있는 퀘이사*에서, 깜빡 조는 듯한, 흰 빛
이 온다

희끄무레하고 안개꽃 같은 나선은하
흥분한 듯 불그스레하게 번져 있는 원반은하
대질량의 별이 태어났다가 죽어가는 밀집은하군 들여다보며
숨 막힌다

막힌 숨 내쉬며 창밖을 내다보니
비 그친 허공에 나비 난다
나비는 비틀거리지만, 주저앉지 않는다
목화솜 같고 물비늘 같고 서산 갯벌 같은
마스크 쓴 세상도 주저앉진 않겠지

비틀거리면서, 흔들거리면서

100억 광년 저쪽으로 막힌 숨 내보낼 뿐

* 퀘이사(Quasar): 블랙홀이 주변 물질을 집어삼키는 에너지에 의해 형성되는 거대 발광체

생명

세탁기 안에서 손톱만한 티끌이 빙글빙글 돌고 있다

이불 빨래 멈추고 푸르고 작은 보푸라기를 꺼낸다

끈적하고 미끈한 것이 할딱거린다

손등에 올려놓으니 몇 번 더 할딱거리다가 뛰어내린다

청개구리도 내가 제 목숨 귀애하는 걸 안다

나와 눈 마주치고, 조금 더 머뭇거리다가 사라진다

고무젖꼭지 빨다 잠든 아기 색색거리는 숨소리만 남았다

신 살구 맛 같기도 하고 들고양이 이빨자국 같기도 한

숨소리에는 단단한 옹이 자국이 문신으로 새겨져 있다

낮달

툇마루에 나와 앉아

어린 손녀딸 손톱을 깎아준다

감나무 잎이 무심하게 흔들리고

낮달은 얼룩처럼 희미하다

나뭇가지 사이로

새 앉았다 날아간 흔적 지워진다

바깥세상은 역병으로 흉흉한데

우리 집은 바다 밑처럼 고요하구나

밟아도 부서지지 않는 달빛 밟듯

가만가만 숨 쉬면서 한나절을 보낸다

적요寂寥를 만나다

눈 덮인 능선에 달빛 환하고
하늘 청청하고 아득하게 맑다

빈산에 까마귀 울고
우지끈 솔가지 부러지는 소리

저쪽 세상은 코로나 블루라는데
흩어져 지내니 쓸쓸하고 허전하다는데

나는, 여기, 홀로 있어 행복하구나
아득해지고, 아슴아슴해지고, 깊어지는구나

도다리쑥국

이게 아닌데
산다는 게 이게 아닌데
못 견디게 갑갑하여 남으로 차를 몰았다

도다리쑥국 그리워 통영 갔다
동백꽃 보고 싶어 지심도 갔다

도다리쑥국에서 봄 향기 맡고
지심도 동백에서 핏방울 만났다

어수선한 시절인데 마스크 쓰고
풍류를 즐기다니 죄스럽구나

나비와 노파

담양군 대덕면 용대리에서 화순군 백아면 맹리 가는 길

맹리 마을회관 못 미처 맹리교 부근

인적 없는 삼거리에서 보행기 밀고 걷는 노파를 만난다

휘어진 낫 같은 허리춤에 진달래 한 묶음 꽂혀있다

흰나비가 팔랑팔랑 뒤따라간다

낮달 희미하게 걸려있고 들판에 왜가리 꼼짝 않고 서 있다

느티나무 그늘 뒤편으로 희미한 아지랑이

시루떡 찌는 부엌처럼 하늘 저쪽으로 아른아른 번져간다

마을 뒷산으로 낮까치 날아가며, 푸득푸득,

산목련 번져가는 밝은 그늘 흔든다

멈추어 선 노파 등에 흰나비 앉았다

나비와 노파는 호박琥珀 속의 화석처럼 정지된 그림이다

볼우물 엷게 파진 얼굴 같은 봄날

하느님은 웃지도, 찡그리지도 않는다

그분도 호박 속의 화석처럼 정지된 그림이므로

붉은 꽃

명옥헌 배롱나무에

짙붉은 안개 자욱하네

저 붉은 꽃

가슴 푸르르 떨리게 하는

아찔한 황홀이 번져나네

그늘 환해지고

바람 그윽해지고

역병 근심 스러지네

다른 세상에서 온 저 빛

화두話頭로 삼아

풍경소리 내는 물고기 되고 싶네

새벽

뜨락에

자욱한

벌레 소리가

안개꽃 같고

물무늬 같고

보푸라기 같다

날개 부벼 울려내는

벌레 소리에

파르르 떨리는 허공

벌레 소리는

밤이 남긴 냄새를

쓸어내린다

비릿비릿하고

눅진눅진하고

느글느글한 냄새 쓸어내리니

흰 사발에 담긴

정화수에

맑은 이슬이 맺힌다

제4부

코로나 블루

코로나 블루

　- 〈코로나 블루가 도박 중독 늘린다〉: 코로나 블루로 인한 우울감과 무기력증이 확산되면서 도박에 빠지는 사람이 늘고 있다. 특히 강화된 사회적 거리두기로 도박장이 문을 닫으면서 집 안에 고립된 사람들 사이에 온라인 불법 도박이 급속히 번지고 있다. 지난해 한국도박문제관리센터에서 도박 문제로 도움 받은 사람은 전년보다 15% 증가했다. 이 중 90%는 온라인 도박 중독이었다. 코로나 팬데믹으로 경륜과 경정 등 합법 사행 산업이 휴장하자 해외 경주 영상을 이용한 불법 온라인 도박 사이트도 기승을 부리고 있다. 지난해 국민체육진흥공단의 불법 온라인 도박 사이트 접수 현황은 4,234건으로 전년(670건)보다 6배 이상으로 증가했다. -2021년 0월 0일, 00일보

이거 왜 이러시나?

코로나 블루가 도박 중독을 늘린다니?

코로나 블루가 도박 중독 늘린 적 없수

도박 중독이 코로나 블루를 늘린 것이지

누구는 집 콕 때문에 외로워 술만 마신다 하고

누구는 집 콕 때문에 피둥피둥 살만 찐다 하고

누구는 집 콕 때문에 우울증 약 먹어야 잠든다 하는데

거 모두 헛말이유

엉뚱한 소리 마시우

집 안에 틀어박혔으면 할 일이 얼마나 많은데?

홀로 집 안에 틀어박혀

스쳐간 인연들, 바람 같고 꽃 같고 여울물 소리 같던

아슴아슴한 인연의 옷자락 생각을 하시든지

음악, 브람스의 현악6중주 제1번 2악장의 첫머리 들으면서

홀로 눈물 글썽이시든지

무늬, 그대 젊은 날을 할퀴고 헤집던 상처가 남긴

얼음폭포 쓰다듬으시든지

부처, 얼굴 뭉개진 운주사 마애불 생각하며 뭉그러진

그대 전생을 떠올려보시든지

그도 저도 다 하기 싫으시면 그냥 가만히

입도 코도 눈도 귀도 다 막고 그냥 묵언수행해 보시우

그대 이승에서 지은 죄 낱낱이 떠올라

묵언 중에 부끄럽고, 맹목 중에 부질없고

역병보다 더 무서운

비굴과 치욕과 위선과 오만의

나날이 떠올라 고개 들 수 없으리니

그게 코로나 블루라우

도박중독보다 더 무서운 건

빈 방에 홀로 앉아 발가벗은 제 꼴 돌아다보고

부끄러워 낯 못 들고 허공에 제 목 매다는 일

그게 바로 코로나 블루라우

불안한 평온

[Web 발신] 안녕하세요. 서초구 보건소에서 알려드립니다. 미주사우나 내에서 2월 8일부터 2월 15일까지 코로나19 확진자 동선이 확인되어 안내드립니다. 이 문자를 받으신 분들은 가까운 선별진료소를 방문하시어 코로나19 검사를 실시한 후 결과 확인 시까지 자택 대기하여 주시기 바랍니다. 아울러 검사 결과 음성이라도 3월 1일까지는 마스크 착용과 손 소독을 철저히 하시고, 타인과의 접촉에 주의하여 주시기 바라며 증상발현 시 가까운 선별진료소애서 즉시 재검사하시기 바랍니다. 이 문자는 2월 6일부터 2월 15일까지 미주사우나 방문자에게 보내는 코로나19 검사 안내 및 예방을 위한 문자입니다. -서초구 보건소

이 문자 메시지 받고 마음 평온한 사람 있겠수? 설날이 2월 12일이었고 나는 설 전날 미주사우나에 가서 이발하고 목욕하였으니 확진자와 동선이 겹치네? 기분 좋을 리 있수? 코로나19 검사하러 서초구 보건소에 갔더니 나와 같은 문자 메시지 받은 사람은 왜 그리 많은지… 추운 날씨에 줄 서서 기다리길 한 시간 가까이! 안면보호장구 착용한 무지스런 검사원이 플라스틱 가림막 사이로 손을 내밀어 콧구멍 깊숙이 면봉을 찔러 넣은 후 괜스레 일이 손에 안 잡히구 마음 불편합디다. 다음 날 음성 판정 받고 기분 풀려야 했는데, 웬걸, 불안하긴 그때부터였수.

누군가 내가 움직이는 걸 지켜보고 있다는 생각을 하니 등골이 오싹해집디다. 내가 어디 가서 누굴 만나고, 무슨 말 하고, 무슨 짓 했는지 지켜보는 눈이 내 등 뒤에 박혀있다는 생각을 하니 밥맛이 싹 다 없어집디다. 사람 만나기 싫어지고, 사람 만나도 나랏일 함부로 욕하던 게 신경 쓰입디다. 숨어서 나쁜 짓 한 일도 없는데 괜히 눈치 보이고, 주눅 들고, 쭈뼛거려집디다.

미주사우나 방문한 확진자 동선과 내가 움직인 동선이 겹쳐진 걸 훤히 꿰고 있으니, 내가 또 언제 어디서 무엇을 하든 안 보이는 곳에 숨어서 지켜보는 빅 브러더가 나를 감시하고 있으리라는 생각에 기분이 더러워집디다. 그러니 어디 출입할 때 QR코드 함부로 찍지 마슈. 혹시 빅 브러더가 싫어하는 말할 때나, 나쁜 짓 하러 다닐 때는 더욱 조심허슈. 전염병도 무섭지만 우리 삶을 손바닥 위에 올려놓고 들여다보는 세상도 무섭긴 매한가지 아니유?

당신 고백성사 볼 때 모르고 지은 죄도 용서해달라고 허지 않수? 그거 괜한 말 같수. 모르는 게 어딨수? 세상사는 게 다 부처님 손바닥 안에서 노는 일인데. 다 알고 계실 터이니 그냥 다 용서해 달라고 허슈. 고백성사는 하느님께 하는 거지만, 이 불안한 평온은 사람이 만들어 놓은 거 아니우? 그러니 당신 빅 브러더 만나거든 부디 고분고분하게 시키는 대로 허슈. 그래야 당신 하찮은 목숨이나마 온전히 보전할 수 있을 거 같수!

기다리시계

기다리시게

참고 기다려 보시게

지금 인후통, 두통, 오한, 발열, 기침으로 고생하시더라도

그거 끝나는 날 반드시 올 터이니 참고 견디시게

옛날에는 이보다 더한 세월도 겪어냈으니

지나고 나면 모두 역사 속에 파묻히는 일

흑사병 창궐할 땐

몸 떨리고 구역질나고 고열에 설사

겨드랑이나 사타구니에 가래톳 돋아 죽어 나갔고

콜레라 창궐할 땐

구토에 설사, 고열에 오심, 탈수로 죽어 나갔고

천연두, 이질, 장티푸스, 발진티푸스, 홍역, 말라리아,

결핵, 문둥병, 성병, 에이즈, 스페인 독감, 메르스, 사스

이름도 다 댈 수 없는 그 많은 돌림병 때문에

얼마나 많은 사람들이 죽어 나갔는지 기억해 보시게

그래도 호모 사피엔스는 멸종되지 않았으니

멸종되기는커녕

이 초록별의 구석구석까지 모래알처럼 퍼져나가

대를 이어 가고, 번성하고, 진화하면서

역사를 이어가서 오늘에 이르렀음을 생각해 보시게

그런즉 참고 견디며 이 길고 지루한 세월 끝나기를

기다리시게, 견디시게, 헤쳐 나가시게

모든 것은 지나가고, 지나간 후 또다시 나타날 터인즉

지금 겪는 일도 세월 지나가면 잊혀지고

다만 몇 줄로 역사 속에 기록될 뿐임을 잊지 마시게

그날이 오면[*]

그날이 오면, 그날이 오면은

팬데믹 사라지고, 거리두기 필요 없는

이 길고 음울한 역병이 없어지는 그날이

금년이든 내년이든, 와주기만 할 양이면

갑갑하고 지긋지긋한 마스크 벗어버리고

예술의 전당 오페라 극장 맨 앞자리에 앉아

허공으로 뛰어오르는 발레리나 구경 가야지

음악회도 가야지, 야구장도 가야지

사람답게 문명인답게 여한 없이 살아봐야지

즐겁고 행복하게 누릴 것 누려야지

그날이 오면, 아아 그날이 와서

막걸리집, 불고기집, 해장국집, 짜장면집

음식점 술집에 젊은이들 늙은이들 바글거리고

커피숍에 백화점에 여자들도 넘쳐나서

진지한 대화와 실없는 농담들로

날밤을 지새우는 활기찬 날이 오기만 할 양이면

나도 거기 섞여야지, 나도 거기 끼어 앉아

삼겹살 굽고 소주잔 기울이면서

가까운 친구들과 시시덕거려야지

사람 사는 맛, 모여 사는 재미 마음껏 누려야지

* 심훈 시 「그날이 오면」을 패러디 함

비대면非對面 1

마주 보지 마라

마주 앉지 마라

모이지 마라

모여서 시시덕거리지 마라

손잡지 마라

손잡기 전에 알코올 소독수로 손을 닦아라

손잡았으면 알코올 소독수에 손을 담가라

키스하지 마라

키스하기 전에 입술을 닦고

키스한 다음이면 혀를 닦아라

섹스하지 마라

섹스하기 전에 거기를 닦고

섹스한 다음이면 속까지 닦아라

꽃구경 가지 마라

향기도 맡지 말고, 소리도 듣지 마라

면벽수도 해라

도 닦기 싫으면 살지 마라

비대면非對面 2

제사 지내러 부모님 집에 가지 마라

주일미사 지내러 성당 가지 마라

잔칫집 가지 말고 장례식장 가지 말고

문병도 가지 말고 문안인사도 하지 마라

꼭 가야겠거든 음식은 먹지 말고

배고파 먹었으면 뿔뿔이 흩어지고

따로따로 흩어졌으면 부지런히 집에 가고

홀로 집에 갔으면 숨어서 숨 쉬어라

공부하러 학교에 오지 마라

야구 보러 운동장 가지 말고

영화 보러 극장 가지 말고

뮤지컬 보러 콘서트홀 가지 마라

술 한 잔 먹으려고 마스크 내렸으면

술 두 잔 먹기 전에 마스크 다시 써라

밥 한 술 먹으려고 마스크 내렸으면

젓가락질하고 나서 마스크 올려 써라

모르는 사람 피해라

가까웠던 사람은 멀리하고

멀었던 사람은 아주 멀리해라

뭉치지 마라, 흩어져야 산다

인연의 끈 있었거든 끊어버려라

끈 끊은 자리에 소금을 뿌려라

알코올로 소독하고 세제로 닦아라

그렇게 하기 싫으면 살지 마라

봄날은 간다

편의점 앞 벤치에 앉아 마스크를 턱 밑으로 내리고

맥주 캔을 기울이던 젊은이가

물끄러미 골목 끝을 바라본다, 골목 끝에는

마스크로 입도 코도 가린 노랑머리 둘이 끌어안고

얼굴을 비빈다, 마스크 쓴 채로는

입을 못 맞추니 귀만 서로 어루만진다

쥐포를 씹으면서 스마트폰을 들여다보던

젊은이는 맥주 캔을 손에 든 채 흥얼거린다

노랫소리가 끈 풀어진 운동화 짝 같다

흐리고 뿌연 저녁, 칙칙하게 웅크린 바람에

퀴퀴하고 끈적한 냄새가 묻어 있다

먼지 많은 바람 불고 꽃답지 않은 꽃 피었다 지고

봄날답지 않은 봄날 왔다가 간다

배달의민족

자동차 운전하여 골목길 코너를 도는데
배달의민족이 쌩하고 스쳐간다
깜짝 놀라 브레이크를 밟으니
오토바이 멈추고 뒤돌아보는 검은 헬멧
마징거 제트처럼 날랜 폼으로 소리친다
- 운전 똑바로 해 이 자식아!
미안하고 머쓱하여 고개를 숙여 보이니
시커먼 오토바이 부릉부릉 달려간다
위세당당한 배달의민족 보며
나는 결정한다, 오늘 저녁 메뉴를
식당도 문을 닫은 코로나 세상
밤 아홉 시 넘어서는 치맥을 먹어야지
늠름하고 폼 나는 배달의민족 덕에
굶지는 않겠구나, 죽지는 않겠구나
갑갑하고 어수선한 코로나 세상 속에
마징거 제트 같은 배달의민족

숯

웃고 있네, 저 얼굴

조선 제일 뻔뻔녀와 조선 제일 능글남이

입마개 속에서 웃고 있네

제 살 속에서 불붙고

제 뼈 속에서 벼락치고

제 숨 속에서 사그라져

무명無明으로 돌아가는 날

저 웃음, 저 입마개

숯 되는 술 일 덕이 있나

저 화상

독하기도 하고 모질기도 한

저 얼굴

입 가리고 코 가리고 악착같이 버텨보겠다는

능글맞기도 하고 뻔뻔스럽기도 한 저 웃음

저 화상도 제 명줄 늘리자고 하는 짓인데 싶어

잠이나 청하면 꿈에서 나타나고

이승 더럽다고 저승에 가려 하니

거기서도 만나겠네, 저 화상!

저세상에서 또 저 화상 만날까 두려워

나 다른 천국 찾아 가야 하리

정읍 지나며

– 이 아무개 승진을 축하합니다.
지저분한 플래카드가 걸레처럼 걸려 있다

날은 뜨겁고
그늘 없다

더러운 이름을 청사에 남기기로 작정한 세월이 빨랫줄에
널린 명태처럼 뱃속을 활짝 열어놓고
꾸덕꾸덕해진다

세상은 역병으로 흉흉한데
지저분한 플래카드민 덜 마른 명태처럼
꾸덕꾸덕 말라간다

감염재생산지수

'감염재생산지수'라니!

그런 말 하지 마슈

말이라고 다 해도 되는 게 아니라우

생산이란 말은 좋은 일에 써야 하는 거유

생명이니 생존이니 생활이니 생산이니 하는 말들은

모두 다 목숨 늘리고 퍼트리고 보존하고 즐겁게 살게 하

는 데 쓰는 말이지

사람 목숨 빼앗아 죽게 하는 일에 쓰는 말이 아니유

감염을 다시 생산한다니, 그런 용어 쓰지 마슈

그거 바이러스 입장에서는 재생산이겠지만 사람 입장에

서는 끔직한 말이유

차라리 '감염재확산지수'라고 허슈. 그게 낫겠수

R=Ro(1-C)(1-P)

확산방지 효과 비율(C)과 면역인구(P)가 기초감염재생산

수(Ro)보다 작아지면

감염재생산지수(R)가 낮아진다는 거 아니우?

기초감염재생산수(Ro)가 1보다 크면 팬데믹이고, 1이면
엔데믹,

1보다 작으면 질병이 사라진다는 것쯤은 무식한 나도 알
고 있수

그래서 어쩌란 말이우?

그 말, 생산이란 말, 다른 말로 바꾸어 부르면 혹시 세상
달라질까 해서

어거지 써 본 것이니 너무 노여워 마슈

당신네들, 냉철하고 엄격하게 방역 일선에서 작전 세워
맞서는데

이런 시답잖은 말 가시고 시비 걸어 미안허우

하도 답답해서 해 본 소리니 용서해 주시우

포스트 코로나

이런 시절 끝나거든 서산 용현리 마애여래삼존불상 세 분 중 가운데 계신 부처님 꼭 찾아뵙고 인사드리세요. 양 볼이 두툼한 말 없으신 부처님이 빙그레 웃고 계시잖아요? 아침 해 돋을 때 그 자애로운 미소 만나면 당신 가슴 밑바닥에 쌓였던 그늘이 스르르 녹아 허공으로 번져 사라지는 것 보일 거예요. 그 부처님 얼굴에 스민 미소 찬찬히 살펴보세요.

그 미소, 어둡고 갑갑하고 답답하던 시절 지나 여기까지 왔으니 안쓰럽고 기특하고 사랑스러워 당신에게 보내는 웃음이에요. 그 앞에 서서 손 모아 기도하지 마세요. 그냥 가만히 서서 오래 바라보며 그 미소 따라 해 보세요. 당신 지나온 목숨이 남긴 아픈 자국들이 토란잎에 뒹굴던 아침 이슬처럼 굴러떨어지는 거 느낄 거예요. 그 부처님, 손바닥 편 시무외인施無畏印*으로 당신 목숨의 우환을 쓸어내린 줄 알고만 계세요.

이런 시절 끝나거든 오대산 어디쯤 깊은 숲속에 홀로 스며들어 바람처럼 구름처럼 새소리처럼 쉬었다 오세요. 돌돌거리며 흐르는 개울물 속에 작은 조약돌 하나 말갛게 씻겨져 제 본모습 드러내는 것 친찬이 들여다보세요. 태풍 한바

탕 휩쓸고 지나간 하늘 청명하고, 발갛게 물들기 시작하는
단풍잎들 수런거리고, 풀숲에 건들거리며 스쳐가는 누룩뱀
보이지요?

　세상의 목숨 받은 것들, 아름답고 따뜻하고 오묘한 숨소
리들 만나는 시간, 가슴 한 구석에 아릿하고 허망한 텅 빈 그
늘 있음 느껴지지요? 그 험난한 팬데믹의 터널을 헤쳐 지나
왔으면서 그것도 못 느낄 리 없어요. 그러니 굳이 오대산 높
은 곳에 있는 적멸보궁 찾아 허공에 인사드리려 애쓰지 마
세요. 당신 가슴 속에 있는 적멸보궁 찾아 빙그레 미소 짓고
말없이 손 모으면 보석 같은 이슬 방울져 떨어질 거예요.

　살고 죽는 일 모두 가을 물소리 같아 쓸쓸하면서 아름답
고 외지면서 푸근하고 애틋하면서 따사롭다는 거 느끼게 될
거예요, 갑갑했던 기억이 환한 빛 되어 역병도 두렵잖고 저
승도 무섭잖아 번뇌와 손잡아 적멸을 향하고 허무를 껴안아
존재를 넘어서는 시간 당신 두툼한 양 볼에도 서늘한 미소
번질 거예요.

* 시무외인施無畏印: 부처가 중생의 두려움을 없애주기 위하여 베푸는 인상. 손바닥을 밖으
　로 펴 물건을 주는 시늉을 하고 있다

멍든 세상 살아내기

김 유 중

(서울대 교수, 문학평론가)

멍든 세상 살아내기

김 유 중

(서울대 교수, 문학평론가)

1. 준비 없이 맞이한 코로나 시대

이런 세상을 맞게 될 줄 상상이나 해본 적이 있었던가. 우리가 이 기나긴 터널을 빠져나오지 못하고 있다는 게 실감이 나지 않는다. 그러나 확산은 아직도 현재형이고, 우리는 여전히 코로나 바이러스에 지배당하는 세상을 살고 있다. 설마설마 하다가 이 지경까지 오고 말았다. 어쩌다가 이렇게 되었을까? 분명한 것은 이토록 광범위하게, 그리고 끈질기게 바이러스가 우리의 일상을 위협하리라고는 이전까지 그 누구도 미처 예상치 못했다는 점이다.

백신만 개발되면 상황이 좀 나아질 줄 알았지만, 예상과는 전혀 딴판으로 돌아가고 있다. 백신 자체의 안정성도 문제지만 3차, 4차까지 백신 접종을 완료했어도 돌파 감염 사례들이 속속 보고되고 있는 것을 보면 언제까지 이번 팬데믹이 이어질지 도통 가늠이 되지 않는다. 걸렸다 낫고, 다시 걸리길 반복하는 사례까지 등장하고 있는 것을 보면 코로나 바이러스로부터 완전히 벗어나기란 당분간은 요원해 보인다. 재작년 이맘때, 펜데믹이 선언되었을 때만 해도 대부분의 사람들이 막연하게나마 한 1년 쯤 지나면 이전과 같이 자유로운 분위기의 일상생활로 복귀가 가능하리라고 생각했다. 현대의학은 전염병을 통제 가능한 수준에서 관리할 것이고, 각자가 마스크를 잘 쓰고 개인위생과 예방에만 신경 쓴다면 이것 역시 이전의 전염병들처럼 일시적인 유행에 그칠 것이라고 철석같이 믿었었다.

그게 착각이었다는 걸 깨닫기까지는 그리 오랜 시간이 걸리지 않았다. 한때 조금 나아졌는가 싶어서 경계를 느슨히 했다가 폭증하는 확진자 수와 사망자 수에 혼비백산하여 도로 빗장을 걸어 잠가야 했던 경험이 그걸 증명한다. 최근 들어 치명률이 다소 완화되었다고는 하지만 이 또한 아직 안심할 수준은 못 된다. 바이러스의 속성상 언제 다시 세력을 키워서 인류를 위협할지 알 수 없기 때문이다. 이러니 누굴 탓할 수도 나무랄 수도 없는 처지다. 언제까지가 될지 모르겠지만, 적어도 당분간은 꼼짝없이 이 끔찍하고 불편한 상황들을 감수해야만 한다.

어쩔 수 없는 일이다. 인정할 건 인정해야 한다. 이건 눈앞에 펼쳐진 현실이다.

2. 관찰과 기록

조창환의 이번 시집에 실린 시들은 새로운 바이러스가 널리 퍼지면서 세간에 몰고 온 충격과 공포, 그리고 그로 인해 빚어진 우리 시대의 음울한 삶의 조건들과 우리 삶의 자화상에 대한 비판 및 성찰이 고스란히 녹아 있다. 구체적으로 이것은 코로나 바이러스가 몰고 온 충격파와 그 파장이 어떤 종류의 것이며 그것이 어떤 시대 사회적 함의를 지녔는지를 진지하게 고찰하고 추적한 결과라고 하겠다.

코로나 바이러스는 무엇보다도 우리에게 이제까지 살아왔던 '정상적인' 생활과는 전혀 다른 생활을 가져왔다. 또한 우리의 의지나 신념과는 관계없이, 기본적인 정서나 욕망조차도 억제해가며, 주어진 조건 속에 맞추어 지내는 것이 불가피할 때도 있다는 사실을 일러주었다. 한마디로 세상을 지배하는 질서와 법칙, 게임의 룰이 바뀐 셈이다. 비록 '바이러스가 사라질 때까지'라는 단서 조항이 붙기는 했지만, 당분간은 그런 지배 질서 밑에서 적응하고 살아가야 한다는 사실에는 변함이 없다.

문제는 대부분의 사람들이 아무런 준비 없이 이 사태를 맞이하였다는 점이다. 준비되지 않은 조건들 속에서는 그러한 상황 변화에 적응하기 힘든 것이 사실이다. 부적응에 따른 불편함이나 정서적인 괴리감은 사람들로 하여금 어색하다는 느낌을 지울 수 없게 만든다. 나아가서는 삶에 대한 의

욕과 자신감까지 떨어뜨린다. 그리고 필연적으로 사람들을 주눅 들게 하고 우울하게 만든다.

아픈 것도 서러웠지만

더 괴로운 것은 시선이었다

―저 사람 집에서 코로나 환자 나왔대

송충이 사는 집 보듯 하니 견디기 힘들었다

마누라 자식들 모두 음성 판정 받았다는데도

음압병실에서 치료받고 나온 후

그 사람 홀로 외딴섬으로 숨어 들어가 버렸다

말인즉슨 요양하러 간댔지만

실은 사람이 무서워져 숨어버린 것이다

솔직히 말하자면 나도 그 사람 만나기가 겁난다

사람 아니고 송충이니까 징그럽고 무섭다

징그럽고 무서운 세상 사는 일은

옹이 많은 늙은 나무 바라보는 것보다

훨씬 더 쓸쓸하고 아프고 괴롭다

― 「이런 세상 2」 부분

잘 알려져 있다시피 코로나 바이러스에 걸린다는 것은 개인적으로나 사회적으로 막대한 불편과 손해, 비용을 감수해야 한다는 것을 의미한다. 빠른 감염력과 각종의 후유증, 단시간에 사망에까지 이르기도 하는 높은 치명률 등이 두루 문제가 되겠지만, 보다 근본적인 것은 누구든 감염되었다고 확인되는 순간 그 사람은 공식적인 격리 대상이 되고 이와 함께 사회적 기피 대상이 된다는 것이다.

여기서 보듯 이 전염병은 사람들 사이의 관계마저 단절시킨다. 그 주된 이유는 그것이 보이지 않고 들리지 않으며 만질 수조차 없기 때문이다. 실체를 확인할 수 없는 마당에 어지간히 가까운 사이라고 해도 코로나 바이러스에 걸렸다는 소문을 듣게 되면 일단 피하고 싶은 게 인지상정이다. 자신을 방어할 수단이 마땅치 않은 상황에서 최선의 방어책은 확진자와의 거리두기이기 때문이다. 밀접 접촉을 했다는 이유만으로 의무적으로 검사를 받아야 하고, 더하여 일정 기간 동안 주변 사람과의 접촉도 제한을 받는 불편함을 겪지 않으려면 어쩔 수 없는 노릇이다.

위의 인용 시에서 시인은 그런 코로나 시대 달라신 사람들 사이의 인간관계에 주목한다. '아픈 것도 서러웠지만/ 더 괴로운 것은 시선이었다'라는 진술에는 코로나 확진으로 판명된 이후 어떤 지인이 겪어야 했던 끔찍한 상황에 대한 관찰이 주를 이룬다. 확진자라는 말이 돌자마자 사람들은 그를 마치 '송충이' 보듯 한다. 그런 시선이 견디기 어려워 그가 택한 것은 가족들과도 떨어져 홀로 외딴섬에 들어가는 것이다. '요양'이라는 핑계를 댔지만, '실은 사람이 무서워져

숨어버린 것'이다. 그만큼 사람들 만나기가 두렵고 겁부터
난다. 바이러스를 옮기는 것이 걱정되는 건 둘째 치고 자신
을 바라보는 사람들의 시선을 감당하기 어려워서다. 그러다
보니 병에 걸린 사람들은 더욱 외롭고 힘들다. 고통스럽고
힘들지만 누구의 도움도 기대하기 어렵고 기대해서도 안 된
다. 그게 세상인심이다. 코로나에 걸린 이상 그는 '사람이 아
니고 송충이'이기 때문이다. 징그럽고 무서운 송충이를 피하
는 것은 당연한 일이다. 그러기에 시인조차도 '그 사람 만나
기가 겁난다.'

이처럼 코로나에 점령당한 세상은 기본적으로 삭막하다.
예전과 같은 여유나 활기를 잃은 것은 물론이려니와 이전까
지는 감히 상상도 못했던, 엄격하게 제한되고 통제된 질서
와 조건 속에서 인간으로서 누려야 할 당연한 권리와 자유
를 박탈당하는 경우까지 발생한다.

대표적인 것이 바로 '코호트 격리'다.

아교처럼 끈끈한 숨 막힘이 짓누르는

폐쇄병동 하늘 위로

새 날아간 하늘길 얼어붙어

하얗게 무너지는 한숨 가득하다

여기 갇힌 사람에겐 음악이 없다

요령 소리 절렁대는 창백한 울부짖음

땀에 젖은 빈 새장에 가득 찬

모르핀 냄새, 혼곤하게 식은 잠

감시와 고독의 시간

포로와 인질과 미결수들

벙어리와 귀머거리와 소경들

침묵하는 공기와 가시덤불

격리된 폐쇄병동 흰 복도에는

멍들고 녹슨 아픈 기억들

탈옥을 꿈꾸는 짐승들이 웅크린다

청도 대남병원 생각하며 가슴 메인다

― 「코호트 격리」 전문

인권이 존중되는 민주화시대에, 평소 같으면 상상도 못했던 일이 버젓이 벌어진다. 특정 지역이나 건물 등에서 집단적인 발병이 보고되기라도 한다면 다른 선택의 여지가 없기 때문이다. 국가적인 재앙으로 번지기 전에 어떻게든 확산을 차단해야 한다. 소위 말하는 골든타임을 놓쳤다가는 상황이 걷잡을 수 없이 악화될 것이 뻔하기 때문이다. 누구도 그런 상황이 전개되는 것을 원치는 않는다. 그러기에 완전 폐쇄와 격리라는 극한의 조건을 강제할 수밖에 없다.

이것이 무서운 이유는 해당 집단 전체가 완전히 질병으로부터 벗어났다는 의학적인 최종 판단이 내려지기 전까지는 거기 거주하는 모든 사람들이 세상과의 교류를 완전히 차단당한다는 데 있다. 그 기간 동안 인권은 상당 부분 제약을 받지 않을 수 없다. 그것은 시인의 표현처럼 흡사 '포로'와 같은, '인질'이나 '미결수'와도 같은 불편하고 부당한 처우를 받아들이라는 일방적인 통보인 셈이다. 그들에게는 자신이 있는 곳이 바로 감옥이고, 감옥에 갇힌 이상 인간이 기본적으로 누리는 거주와 이동의 자유를 요구할 권리가 없다.

이 과정에서 다수를 위해서 소수는 어쩔 수 없이 희생을 각오해야만 한다. 그런 가운데 진짜 희생자가 발생해도 그건 도리 없는 일이다. 그러나 이런 논리가 과연 정당한가? 여기서 시인은 입원환자 거의 전원이 감염되어 코호트 격리라는 극단의 조치가 내려졌던 청도 대남병원의 사례를 떠올린다. 코로나 바이러스에 감염되었다는 사실만으로도 정신적, 육체적으로 엄청난 충격일 텐데, 노인 요양시설과 정신병동까지 있는 병원이 하루아침에 폐쇄 격리되는 사태는 입원 환자들로서는 상상만 해도 끔찍한 일이다. 그건 인간으로서의 최소한의 권리와 자유를 포기하라는 통첩이나 마찬가지인 까닭이다.

누가 그들을 먹고 자고 싸기만 하는 짐승과 같은 상태로 방치하도록 강요할 수 있는가? 24시간 감시 속에서, 그것도 모르핀 주사를 맞은 채로, 탈옥을 꿈꾸는 죄수와도 같은 처지로 내몰고 말았는가? 우리에게 과연 그런 권리가 있는가? 고육지책일 수도 있겠지만, 어쩌면 그것은 질병 자체에 대한 우리 자신의 무지와 무능을 가리고 사태를 손쉽게 정당화하기 위한 편의주의적 발상의 결과는 아닐까?

시인의 시선은 이러한 문제의식의 끄트머리에 처연하게 매달려 있다. 이미 늙고 병을 얻어 요양병원, 정신과 병동에 수용되어 있었던 사람들에게 코호트 격리란 실로 가혹하다. 제대로 된 치료를 기대할 수 없는 상황에서 극단의 방치 상태로 내몰리는 환자들의 사연을 생각하면서 그는 가슴 한 구석이 먹먹해지는 것을 어쩌지 못한다. 그러기에 위 인용 시는 인간의 한계와 무력함에 대한 탄식이요, 시대가 낳은 비극에 대한 내면의 절규로 읽힌다.

3. 인간적인 도리와 윤리에 대한 명상

바이러스가 맹위를 떨치면 떨칠수록 사람들은 점점 더 이기적이 되고 자신부터 챙기려 든다. 남을 돌아볼 겨를이 없기도 하겠지만, 괜한 일에 말려들었다가는 자기만 손해라는 생각이 먼저 들기 때문이다. 각자도생이라는 말이 실감나는 현실이다.

무엇보다도 코로나는 코로나에 대한 감염 공포와 더불어 급속도로 번져갔다. 코로나가 확산되던 초기, 사람들은 이것이 얼마나 치명적인 질병인지, 안전을 유지하기 위해서는 얼마만큼 조심하고 거리를 두어야 하는 건지 전혀 알지 못했다. 생소함은 우려를 넘어 대중들의 공포를 불렀고, 코로나로 인한 공포는 죽음에 대한 최소한의 애도마저도 망설이게 만들었다.

이런 분위기 속에서 희생자의 발생은 또 다른 비극을 낳는다. 코로나 감염으로 인한 죽음은 애도와 추모 이전에 무조건적인 기피의 대상이기 때문이다.

염장이 강 씨는 오늘도

죽은 이들의 식은 몸을 자루에 넣는다

의사도, 간호사도, 장의업자도, 친아들도

무서워 고개 돌리는 코로나 사망자

수의도 못 입히고 씻기지도 못하고

화장도 못 해주니 염습이랄 것도 없지만

시신을 자루에 넣어 저승길 보내는 일은

염장이 강 씨 몫이다,

마지막 가는 길에 마누라 자식 얼굴도 못 보고

문상객도 못 만나고 영정사진도 못 내걸지만

그저 사정없이, 재빠르게, 화장장으로 보내주는 일은

염장이 강 씨 몫이다,

험한 일 하시네요, 좋은 일 하시네요

마스크 안에서 누군가 웅얼거려도

염장이 강 씨는 방호복 안에서 진땀만 흘린다

그냥 하는 거예요, 누군가는 해야 하니까

저승길 간 사람은 강 건너가 천국이지만

염장이 강 씨는 강 건너기 전 천국에 산다

―「염장이 강 씨 1」 부분

제대로 된 장례 절차를 밟는 것은 이 시점에서는 중요치 않다. 어떻게 하면 최대한 '사정없이, 재빠르게,' 시신을 처리하여 남아 있는 이들로부터 영원히 격리시키느냐만이 사람들의 관심사다. 문제는 이 일조차 아무도 나서려 들지 않는다는 점이다. 의료진도, 장의사나 심지어는 가족들조차도 시신 앞에 선뜻 가까이 다가서길 두려워한다. 감염과 죽음의 공포를 넘어서서 자발적으로 이 일을 처리하려들 사람은 거의 없다.

그러나 어차피 누군가는 반드시 해야 할 일이다. 모두의 안전을 위해서, 그리고 무엇보다도 망자의 평온한 휴식과 안녕을 위해서. 사실 두렵지 않은 이가 어디 있을까? 사람들 마음은 다 똑같다. 나 자신은 감당할 수 없는 일이지만 누군가가 대신 나서서 해결해주길 바랄 뿐이다. 이때 염장이 강 씨가 나선다. 그가 나선 것은 그만한 용기가 있어서도, 큰돈을 바라서도 아니다. '험한 일 하시네요, 좋은 일 하시네요'라는 주위의 인사조의 말에 대한 그의 반응은 이렇다. '그냥 하는 거예요, 누군가는 해야 하니까'.

염장이 강 씨는 자신이 하는 일을 놓고 사람들 앞에 유세를 떨거나 티 내지 않는다. 그래. 그냥 하는 거야. 늘 해왔던 일이니까. 그리고 무엇보다도 그의 말마따나 '누군가는 해야 하니까'. 그러나 이 단순한 말 한마디 속에는 우리가 한 인간으로서 갖추어야 할 기본 도리와 사회적 의무에 대한 책임감이 담겨 있다. 모두가 두려워하는 일, 서로 미루기만 하고

나서려 하지 않는 일. 그런 일일지라도 꼭 필요한 경우에는
누군가는 앞장서서 나서주어야만 한다. 그 누군가가 다름
아닌 내 자신이라는 인식, 그런 인식과 결심이야말로 진정
한 해탈이요, 깨달음이다. 시인은 여기서 이해관계나 죽음의
공포 따위를 넘어선 하나의 진리와의 마주침의 순간을 경험
한다. 그는 묵묵히 자신의 맡은 바 책무를 이행하는 염장이
강 씨에게서 저승길 이전, '강 건너기 전 천국'을 사는 성인
의 이미지를 발견한다.

코로나 바이러스는 남녀노소, 빈부귀천을 가리지 않는다.
잘난 이도, 못난 이도 코로나의 위협 앞에 노출되기는 매한
가지다. 바이러스 앞에서 인류는 평등하다. 그러나 그것이
평등하다고 해서 개별 존재가 가지는 특별한 의미까지가 한
꺼번에 지워져버리는 것은 결코 아니다.

서울시 서초구 원지동 서울추모공원 바깥
추모의 벽이 축축하게 젖고 있다.

-엄마! 코로나로 얼굴도 못 보고
치료도 못 받은 상태로 임종도
못 지켜 드려 너무 마음이 아픕니다.
날개 달고 훨훨 날아가세요.
아프지 않은 곳으로!
-2020.12.28. 다경이가

젖은 벽에 기대 다경이가 울고 있다

캄캄하고 묵묵하고 뜨뜻한 재도
서울추모공원 추모의 벽에 기대
울고 있다,

― 「뜨뜻한 재」 부분

위 시가 관심을 끄는 것은 텍스트와 더불어 제시된 한 장
의 사진 때문이다. 사진에 제시된 글귀에 담겨 있는 애틋한
사연은 우리에게 코로나 시대를 견딘다는 것이 왜 그리 어
려운 일인지를, 코로나로 인해 파괴된 것은 무엇이며 어째
서 코로나가 저주받은 질병인지를 제대로 보여주고 있다.
코로나가 사람들을 견딜 수 없게 만드는 것은 가장 가까운
관계에 있는, 힘들 때 가장 찾고 싶고 의지하고 싶은 사람과
의 관계마저 갈라놓는다는 점에 있나.

죽음을 눈앞에 두고서도, 혹은 죽고 나서조차도 사랑하
는 가족의 얼굴을 볼 수 없다는 이 기막힌 현실을 우리는 어
떻게 받아들여야 할까? 마지막 가시는 길을 시켜드리지 못
하고 홀로 가시게 만든 안타까움과 죄스러움은 어떻게 씻을
수 있을까? 그것은 아마 남아 있는 가족들에게는 평생을 씻
지 못할 가슴 속의 십자가로 남을 것이다. 인간다운 징을 느
끼는 일은 우선 자식으로서, 남편이나 친지로서 기본 도리

를 다할 수 있을 때나 가능한 일이다. 그것이 불가능해져버린 현실 속에서 남은 가족들이 할 수 있는 유일한 방법은 바로 이런 방식으로 망자를 애도하는 방법밖에는 없다.

유골 항아리에 담긴 재에는 아직도 뜨뜻한 온기가 남아 있는 듯하다. 침묵과 어둠 속에서도 전해지는, 혈육만이 느낄 수 있는 간절함의 온기가 거기에는 배어 있다. 비록 코로나로 인해 임종의 순간을 지키지는 못했지만, 그리하여 평생토록 그로 인한 한스러움을 가슴에 안고 살아야 하는 처지가 되어버렸지만, 마지막까지 부정될 수 없는 것이 있다면 그것은 가족들 사이의 끈끈한 정이요, 인연이다. 사진 속에 노출된 글귀는 그런 부정될 수 없는 유대관계에 대한 공감을 불러일으킨다.

4. 요지경 속의 세상, 코로나 시대가 낳은 진풍경들

이동이 줄고 사람들 사이의 접촉이 줄어들게 되면서 일상적인 삶의 모습에도 변화가 찾아왔다. 대규모의 행사 인원이 모여 왁자지껄 떠들어대는 것은 이젠 꿈도 꿀 수 없게 되어버렸고, 꼭 필요한 경우조차 모임 인원과 형식에 엄격한 제한을 받게 되었다. 모여서도 가까이 다가서는 것은 금기사항이다 보니 거리두기로 인해 사람들 사이의 심리적 거리까지 멀어지는 것은 필연적인 현상이다. 자연스럽게 사람들 만나기가 꺼려지고, 만나더라도 예전처럼 서로의 안부를 묻고 속 깊은 대화가 오가며 친분을 쌓는 것이 아니라 간단하게 용건만 나누는 정도에서 그치는 것이 보통이다.

이처럼 사람들 사이의 만남과 교류가 제약을 받게 되다 보니 그에 따른 부수적인 현상들이 생겨나기 시작한다. 그 가운데 하나가 소외된 곳을 더욱 소외되게 만들고, 그늘진 곳을 더욱 그늘지게 만든다는 점이다.

이상한 일이긴 하다
자식들 얼굴도 못 알아보는 늙은이가 화투장 들고
꽃그림 맞추기는 그럭저럭 해낸다니

이 매조도 찾아내고, 홍싸리, 흑싸리
삼 사쿠라 구 국진, 팔 공산, 비, 풍, 초, 똥
다 찾아내서 짝 맞추고
홍단, 청단, 초단도 할 술 안나는 깃이

이상한 일 아니긴 하다
자식들 얼굴은 꽃 아니니까
화투 패에는 꽃그림 있고
자식들 얼굴에는 꽃그림 없지 않어?

자식들 얼굴이 꽃그림 되는 날

할머니 제정신 돌아와

꽃 같은 내 새끼

끌어안고 볼 비비며 눈물 흘리는 날

꽃그림 같은 시간에 말갛고 말간

꽃보다 진한 향기 천지에 번져나서

할머니 맘 편하게 저세상 가시겠지

할머니 거기 가서 꽃그림 되시겠지

— 「꽃그림 맞추기」 부분

젊은 사람들이야 언택트 시대에 맞게 온라인이나 모바일 플랫폼 등으로 소통하는 데 별 어려움이 없다손 치더라도, 노인들의 경우에는 그럴 형편이 못 되는 경우들이 많다. 기기 자체에 익숙지 못한 경우도 있고 그걸 조금 다룰 줄 안다 하더라도 여전히 직접 대면으로 만나보는 것을 더 선호하는 경우가 많기 때문이다.

문제는 거기서 그치지 않는다. 위 인용 시에서 시인이 특별히 관심을 보인 곳은 치매 노인을 수용하는 요양병원의 경우다. 코로나로 인해 가족이나 친지들의 방문까지 제한을 받게 되고 그로 인해 찾는 발걸음들이 뜸해지다 보니 그렇지 않아도 온전한 정신이 아닌 마당에 이젠 자식들의 얼굴조차 알아보지 못하는 지경에 이르게 되었다. 병원 입장에서는 누구라도 가까운 사람들이 자주 찾아와서 말동무라도 해주고 이야기라도 나누면 치매 완화에 도움이 되련만 이젠 그럴 걸 기대할 수도 없는 형편이니 정말 딱한 노릇이다.

하는 수없이 동원한 방법이라는 것이 화투장에 새겨진 꽃 그림 맞추기 놀이이다. 궁여지책이기는 하지만 그나마 머리 쓰기에는 약간이라도 도움이 되고, 적적한데 시간 때우기 용으로도 괜찮아 보이기 때문이다. 소외받는 치매 노인의 쓸쓸한 처지를 달래줄 유일한 벗이 화투장이라는 것은 코로나 시대가 낳은 진풍경 가운데 하나다. 그렇긴 하나, 그런 할머니의 모습을 지켜본다는 것은 왠지 안쓰럽고 서글프다.

하긴, 세상이 온통 엉망인데 평소와 다름없이 지낸다는 게 이상한 일이긴 하다. 그러나 명심해야 할 것은 정상적인 삶이 어렵다고 해서 그것을 핑계 삼아 비정상적인 배출구를 찾는 일이 정당화되어서는 곤란하다는 사실이다. 코로나 바이러스 확산으로 인한 사회 현상들 중 하나는 소위 '코로나 블루'로 불리는 여러 가지 우울증의 만연을 들 수 있겠다. 스트레스와 무기력, 우울증이 결합하면서 그 여파로 건전하지 못한 방식으로 삶의 테두리가 확대되는 것도 부수적인 현상들 중 하나다.

— 〈코로나 블루가 도박 중독 늘린다〉: 코로나 블루로 인한 우울감과 무기력증이 확산되면서 도박에 빠지는 사람이 늘고 있다. 특히 강화된 사회적 거리두기로 도박장이 문을 닫으면서 집 안에 고립된 사람들 사이에 온라인 불법 도박이 급속히 번지고 있다. 지난해 한국도박문제관리센터에서 도박 문제로 도움 받은 사람은 전년보다 15% 증가했다. 이 중 90%는 온라인 도박 중독이었다. 코로나 팬데믹으로 경륜과 경정 등 합법 사행 산업이 휴장하자 해

외 경주 영상을 이용한 불법 온라인 도박 사이트도 기승을 부리고 있다. 지난
해 국민체육진흥공단의 불법 온라인 도박 사이트 접수 현황은 4,234건으로
전년(670건)보다 6배 이상으로 증가했다. –2021년 0월 0일, 00일보.

이거 왜 이러시나?

코로나 블루가 도박중독을 늘린다니?

코로나 블루가 도박중독 늘린 적 없수,

도박중독이 코로나 블루를 늘린 것이지.

누구는 집 콕 때문에 외로워 술만 마신다 하고

누구는 집 콕 때문에 피둥피둥 살만 찐다 하고

누구는 집 콕 때문에 우울증 약 먹어야 잠든다 하는데

거 모두 헛말이유.

엉뚱한 소리 마시우

집 안에 틀어박혔으면 할 일이 얼마나 많은데?

–「코로나 블루」 부분

한때 코로나 블루가 확산되면서 온라인을 중심으로 불법
도박 게임 등이 성행하고 있다는 보도가 나온 적이 있다. 집
에만 틀어박혀 지내다 보니 다른 소일거리가 없고 마음 붙
일 곳이 없어서 엉뚱한 데로 관심이 쏠리게 된다는 것이다.
일견 일리가 있어 보인다.

하지만 자세히 들여다보면 어딘가 모순된 점이 발견된다.

경마나 경륜, 경정과 같은 도박성 운동경기들이야 이미 그 전부터 있지 않았던가. 그런 것들은 건전한 국민 참여형 스포츠 게임이고 온라인 도박은 불법적이고 사행성 짙은 불건전 게임이라고 치부하는 것은 어딘지 이상하지 않은가? 시인은 여기서 '코로나 블루가 도박중독을 늘린' 것이 아니라 '도박중독이 코로나 블루를 늘린 것'일 뿐이라고 바로잡는다. 기사의 보도 내용은 인과관계에 대한 해석이 뒤바뀌었으며, 한마디로 단세포적인 사고의 결과라는 뜻이다.

집에만 머물러 있다 보니 코로나 블루가 늘고 있다는 지적 역시 '헛말'에 불과하다. 평소 자신을 되돌아볼 겨를도 없이 바쁘게만 지내왔던 현대인들에게, 홀로 있는 이런 시간들은 오히려 찬찬히 자신을 되돌아보며 스스로를 반성하고 다잡을 수 있는 둘도 없는 기회이기도 하다. 그러니 어쩌면 이 모든 것들이 미리 다 각본을 짜놓고서 사태의 원인을 다른 데로 돌리고자 하는 구태의연한 자기 합리화 방식의 일종이며 편의주의적 발상에서 비롯된 결과로 이해될 수도 있겠다. 다시 말해서 코로나로 인한 사회적 변화는 위기인 동시에 또 다른 기회의 시작으로 재해석될 필요가 있다는 것이다.

사회적 이동과 교류가 줄어들고 인터넷과 온라인에만 매달리는 시간이 지나치게 많아지는 것은 분명 좋은 징조가 아니다. 과거에는 상상조차 못했던 일들이 온라인 환경, 디지털화된 사이버 세계에서는 버젓이 벌어지기도 한다. 바뀐 환경에 적응하지 못하여 갖가지 일탈 행위가 느는 것도 사실이다. 그러나 부정적인 시각에만 치우쳐 이 시대가 제공한 새로운 기회 요소를 깨닫지 못한다면 한쪽 눈을 감고 세상에 나서는 것이나 다름없다. 코로나 블루를 논하고 그 원인을 무조건 바이러스 탓으로 돌리기 이전에 한번쯤은 진지하게 우리 자신부터 되돌아봐야 하지 않을까?

5. 이 시대를 건너는 법 – 우주 자연의 섭리를 좇아

오늘 저녁, 이 도시는

막차 떠난 시골 정류장에서

보따리 깔고 주저앉아 망연히 하늘 바라보는

늙은 부부처럼 처량하구나

아직도 더 맞아야 한다고 채찍을 휘두르는

잔인한 역병의 기세에 눌려, 이 도시는

어깨 웅크리고 제 멍 자국을 제 혀로 핥는다

– 「멍」 부분

물론 코로나 시대가 이대로 지속되는 것은 어느 모로 보나 바람직스럽지 못하다. 우리는 이 상황을 이겨낼 것이고 또한 반드시 이겨내야만 한다.

말이 그렇다는 이야기지 그게 쉬울 까닭이 없다. 언제까지 기다리면 이 상황이 종식될 것이라는 기한이 주어지지 않았기에 우리를 더 지치고 힘들게 만드는 것이 사실이다. 그러나 모든 일들이 그렇듯이 이 또한 언젠가는 지나갈 사안이다. 광활한 우주적인 차원에서 본다면 이런 시간들은 한 줌 티끌만한 것도 못 된다. 우주의 탄생을 그 기원에서부터 따진다면 어쩌면 눈 깜짝할 사이에 불과하다고 생각할 수 있다. 지금까지 이 우주에는 숱한 명멸들이 있었고, 숱한 고비들이 있었다. 그에 비한다면 코로나로 인한 인류의 이 고비란 그야말로 한 점 티끌만치도 못한, 사소한 차원에 그치는 것이리라.

희끄무레하고 안개꽃 같은 나선은하
흥분한 듯 불그스레하게 번져 있는 원반은하
대질량의 별이 태어났다가 죽어가는 밀집 은하군 들여
다보며
숨 막힌다.

막힌 숨 내쉬며 창밖을 내다보니
비 그친 허공에 나비 난다
나비는 비틀거리지만, 주저앉지 않는다

목화솜 같고 물비늘 같고 서산 갯벌 같은

마스크 쓴 세상도 주저앉진 않겠지

비틀거리면서, 흔들거리면서

100억 광년 저쪽으로 막힌 숨 내보낼 뿐.

– 「나비와 은하」 부분

　나비는 허공을 흐르듯이 난다. 비틀거리면서도, 흔들거리면서도 제 갈 길을 간다. 연약한 존재처럼 보이지만 그렇다고 결코 중도에서 포기하거나 주저앉는 법은 없다. 우주도 그렇고 세상도 그렇다. 코로나 바이러스 사태 역시 마찬가지일 것이다. 겉보기에는 그 끝이 보이지 않는 깊은 터널 속을 헤매는 것처럼 보일지 모르겠지만, 길게 보면 그건 찰나의 고비일 뿐이다.

　왜 나비였을까. 나비는 굴곡으로 점철된 현대사의 고비들을 헤치며 날아온 의지의 표상이기 때문이다. 바람에 날리고 파도에 휩쓸려 자신의 나아갈 방향으로 똑바로 날지 못하는 작고 가냘프고 힘없는 존재를 떠올리게 되지만, 그런 가운데서도 나비는 자신이 갈 방향을 잃지 않는다. 끝끝내 날아가 언젠가는 원래의 목표지점에 도달한다. 그래서였을까? 김기림의 「바다와 나비」로부터 김규동의 「나비와 광장」을 거쳐 박봉우의 「나비와 철조망」에 이르기까지, 나비의 표상은 한국 현대시에서 반복적으로 등장하며 현대사의 질곡에 맞서는 한 개인의, 혹은 우리 민족의 표상처럼 굳어져 갔다.

「나비와 은하」를 통해 조창환 시인이 제시하고자 하는 바도 이와 다르지 않다. 비록 현실은 어둡고 멀게만 느껴지지만, 바이러스는 우리를 굴복시키지 못할 것이다. 중간중간 비틀거리거나 흔들릴지는 몰라도, 우리는 결국 이 어려움을 극복하고 우주 자연의 구성원으로 다시 제자리를 찾게 될 것이다. 그것은 티끌만도 못한 작은 성취일지 모르지만, 그런 작은 성취들이 모이고 모여서 결국 이 지구의 역사를 만들고 우주의 역사를 형성한다. 모든 일은 하루아침에 이루어지는 게 아니다. 이름 없는 작은 노력과 성취들이 합쳐져서 그것을 가능하게끔 해줄 뿐이다. 그리하여 언젠가 우리는 이 모든 어려움들을 이겨내고 우주 바깥의 저쪽, 100억 광년 떨어진 세계에 도달할 시대를 맞이하게 될 것이다.

코로나와 코로나 블루의 역경을 넘어서는 길. 그것은 어쩌면 이미 우리가 사는 이 자연과 우주 안에 잠재해 있는 것인지도 모른다. 성장통 없는 성장이란 진정한 의미에서의 성장이 아니다. 우리는, 자연은, 우주는, 어느 것이나 아프면서, 아픔을 딛고 성장한다. 그렇다. '역병 번신 세상에서도' 어디에든 '희망'의 싹은 돋게 마련이다.

아름답고 아련한 것이 꽃 속에 있다

아득한 별빛과 새 날아간 하늘 길과

봄 아지랑이 너머에 흔들리는 희미한 빛

오로라 자국 같은 것, 키스 자국 같은 것

멀어져 가는 사람이 남긴 체온 같은 것

바라보는 사람의 따스한 어깨 같은 것

젖은 숨소리와 밤바다의 파도 소리와

목숨 받은 존재들이 지닌 기쁨과 상처들이

모두 다 꽃 속에 스며 있어

그대를 어루만지고, 쓰다듬고, 껴안아준다

꽃을 보면서 위로를 받는 날

역병 번진 세상에서도 희망을 본다

– 「꽃을 보며」 전문

서정의서정 3
나비와 은하
ⓒ 조창환, 2022

지은이_ 조창환

발행인_ 이도훈
편집_ 유수진 | 교정_ 김미애
초판발행_ 2022년 3월 8일

도서출판 도훈
사무실_ 서울시 서초구 법원로3길 19, 2층 W109호
        (서초동, 양지원빌딩)
전 화_ 02) 595-4621, 010-6722-4621
팩 스_ 0504-227-4621
이메일_ flyhun9@naver.com
홈페이지_ www.dohun.kr

ISBN_ 979-11-89537-99-9 03810
정 가_ 10,000원